2004.9. 屈至堯

蒲公英與我
Dandelion & Me
～聽我說說畫～

憂鬱，是很難過的一件事。曾有一段日子裡，封閉了自己，不敢踏出外面一步，唯一願意做的，又有畫畫……

畫畫是一個傳達我心中所想表達的管道，日記也被畫畫取代了。我想說的，我想表達的，喜怒都在圖內——我要的目標，我要的夢想，我的難過，我的快樂等。經由畫畫使我得以繼續與外界接觸，才漸漸走了出來。

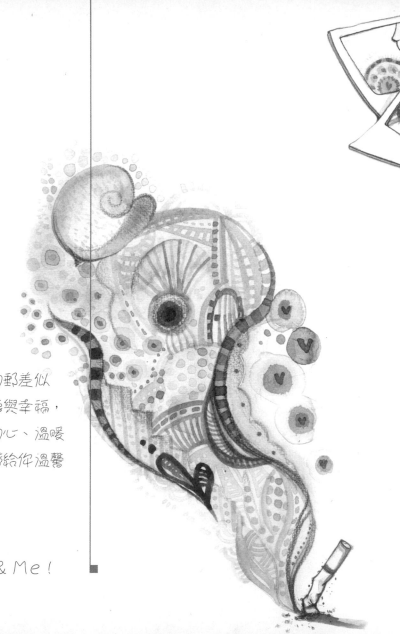

書中的蒲公英就像我的郵差似的，幫我傳達我的情感與幸福，以及祝福各位有愉快的心、溫暖的情。希望此繪本能帶給你溫馨的感受！

來，聽我說說畫吧！
Dandelion & Me!

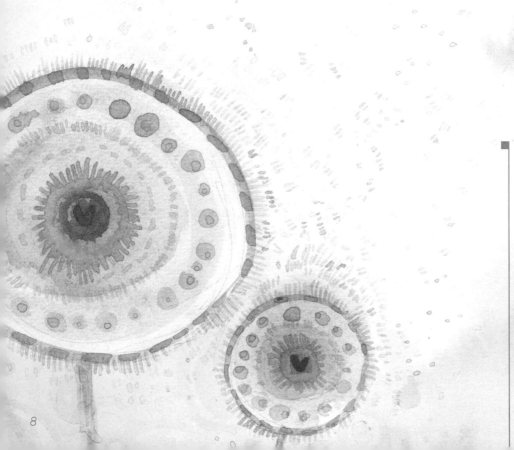

蒲公英

淡淡的夏天氣息
緩緩的吹向我

蒲公英
輕輕的吹向我

逗留

輕輕的吹向我
吻過我的嘴
吻過我臉頰
逗留在衣上
那一剎那
是最美的一刻
再緩緩的
隨風而去

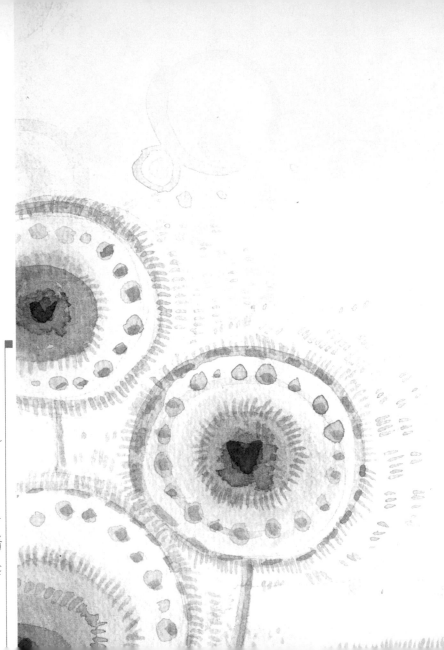

捎信

你能隨風
幫我送送這封信嗎？

信裡有我的故事
我的心情
我的想念

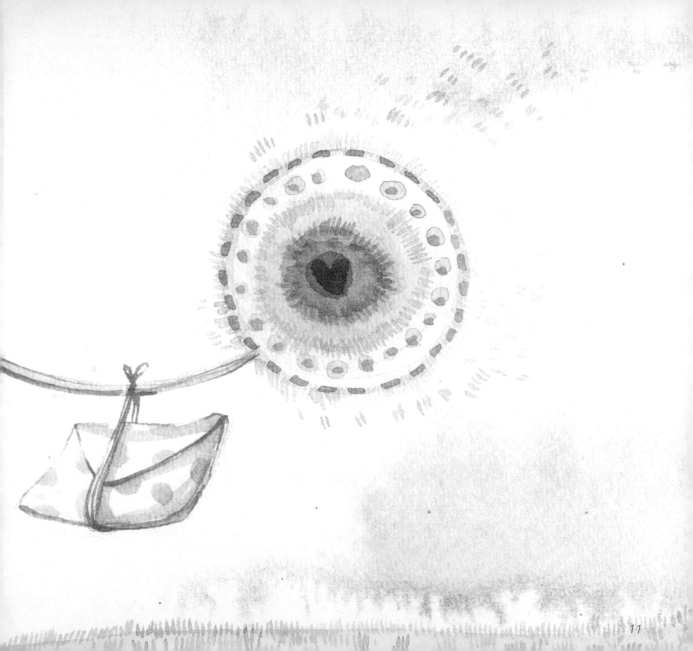

色鉛筆＊阿瑋

捎來的
是一本屬於我的故事
屬於我的日記

しきさい
色鉛筆大丫璍
いろえんぴつ大元

畫日記

我是一個愛畫畫的女孩
當我快樂時
我會畫畫
當我難過時
我也會畫

畫圖就像寫日記一樣
每天必做的事

畫畫總是會使我
變得很快樂

13

對你說

我所畫的每一張圖
都是我想對你說的話
與我的感覺

有愛
有快樂
有悲傷
有思戀
有…………

這一切的每一張
你看到了嗎?

14

記錄

包包裡
隨身攜帶著相機
為了留下
下一秒的幸福紀錄
也是留下
曾經快樂的證明
未來的甜美回憶

回味

熟悉的音樂
熟悉的路徑
熟悉的地方
熟悉的東西
熟悉的食物

那些熟悉一再回味
是因為我喜歡你

那些感覺不想流失

你喜歡吃什麼
顏色的巧克力？

我今天買了許多的
巧克力
你喜歡吃嗎？
分你一點
那你喜歡吃什麼顏色
的巧克力？
紅色？
黃色？
綠色？
還是……

午後

週末的午後
聽著音樂
那優美的弦律

外面沒有鳥叫聲
沒有車聲
沒有吵雜聲
又有太陽獨自閃耀

你在想什麼？
我又在想什麼？

我期待夜晚的到來

18

2004.4.阿瑶

進入夜晚

從黃昏進入夜晚
越夜心越平靜

高速公路上
打著的是溫暖黃色燈光
是為了半夜回家而
不感到孤獨的車嗎？

這條路如此漫長
又想找個伴
一起走完這條路

你是否願意牽著我的手
走向未來呢？

飛向未來‧飛向你

你一個人無聊嗎？
一個人
會覺得寂寞嗎？

幻想我有對翅膀
輕輕地飄起來
飛向未來
飛向你

默默地陪伴著你
看著你
最接近你

路

有時感覺你在我身旁
有時又覺得
你離我好遠

不管如何
人始終還是要
面臨挑戰

先喘口氣吧
讓心暫時的平靜一下
為了明天開始
還要走好長的一條路

怕

隨著時間的增長
自信心
卻不斷的往下降

外界的競爭壓力
大人的心機
言語間被刺傷

原本期待成長的我
突然間害怕了
想逃避

思想簡單一點好
單純一點好
自在一點好

若能那麼的自在就好

選擇

在成長過成中
總是會遇到人生的
十字路口

這次
好難選擇
我思考了好幾天
還是不知道
該選哪條路走

因為我貪心
我都想要

23

掙扎

我掙脫了一條
緊緊綁住我的線
但是
還有許多條線
緊緊的綁住我
約束著我在這框框裡
在這世界！

好痛苦
好難過
我想逃
誰能幫幫我！？

啊喊

啊……
把內心的情緒與壓力
通通喊出來，出來
通通喊出來，出來

髒東西跑掉，跑掉
通通跑掉呀，跑掉

大聲告訴你
我好煩呀！

25

我好累

累了
還是不願意
合上自己的眼睛

累了
腦中的思緒
仍不願意停止
不斷的重複播放

累了
想睡
我失眠了

26

冷靜

用水澆息我
讓我的情緒冷靜下來

獨自一人在水中
變的好安靜
好安靜

我輕輕地把眼睛閉上
卻不小心
哭到睡著了

27

雨天

下雨了
我撐起傘

但是我全身
還是一樣
溼透了

原來不是天氣下雨
是我的心
下了場大雨

365天

最後音訊全無了…… 認識的第一個365天你說你喜歡我
我難過了第四個365天　認識的第二個365天你說你愛我
　　　　　　認識的第三個365天你說分手

心中的太陽呢？

心中的太陽不見了
去哪了呢？

雲找不到它的玩伴
難過地哭起來了
彩虹也覺得難過
傷心著斷一半了

外面溫度28度
心的溫度一直下降

停止凋謝

我努力地跑
跑向使它
不再凋謝的地方
水嗎？
土嗎？
還是……

當它凋謝越多
我越難過
何時能停止呢？

讓我一直沉睡

那一刻
我倒了下來
再也沒有體力
腦子一片空白

我只想一直沉睡
到能再見到你那刻
才醒來

如果能像
故事中的白雪公主
等到白馬王子來的
那刻醒
一切會是多麼幸福！

就讓我一直沉睡

呼喚

是誰在呼喚我？
帶著淡淡的清香
隨著徐徐的風拂過我
柔柔的
癢癢的

嗯……
再讓我休息一下就好
我還不想那麼早醒來

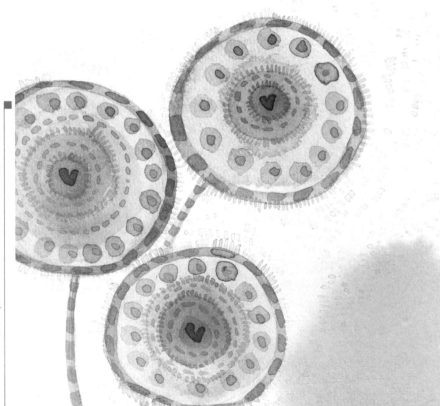

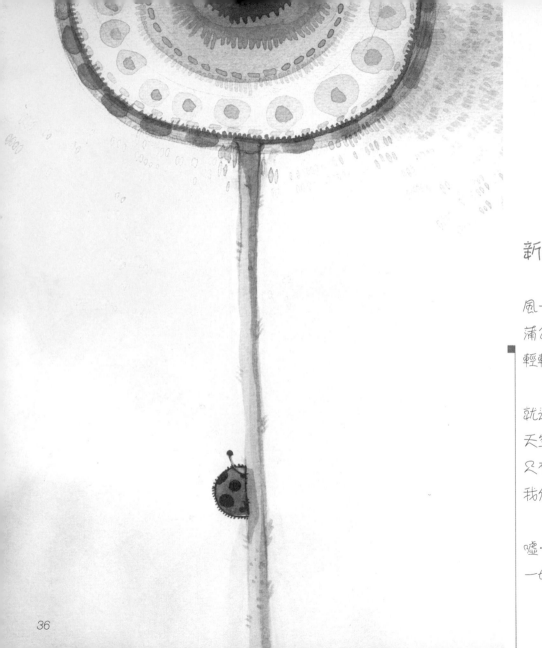

新的開始

風一直吹
蒲公英一直飄
輕輕吻過了我

就這樣的下午
天空靜靜的
又有蒲公英在飛翔
我仍睡著

噓……
一切是那麼平靜

進入童畫故事裡

時間漸長
你的臉漸淡忘

畫畫你
畫出腦海中的你

夢裡的我
進到一個童畫世界裡
裡面的色彩繽紛
我在偷笑

童畫與現實世界相比
我想永遠沉睡在
我的童畫故事裡

夢

我做了一個
好美好美的夢
我不想將那夢遺忘
我希望那能實現

我將把我的夢畫下
願能實現

多多幸福

這小小瓶的多多叫幸福
所以稱多多幸福！

它擁有獨特的花香
嗯……特濃花香
喝了有種戀愛般的滋味

喝了它
幸福是否
開始發酵了呢？

無憂無慮

如果能這樣無憂無慮
沒有煩腦
沒有了所有壓力
就著草皮上那種淡淡香氣
做做白日夢
一切那麼自在

感覺好幸福

綿花糖

那像雲般的綿綿感覺
好舒服
好夢幻

有許多色彩的綿花糖
真可愛

咬下去
馬上溶化滿嘴
甜甜的很幸福！

七彩糖果

糖果罐裡有絢麗的糖果
許多耀眼七彩顏色
就像站在最高層的頂樓
望著四方的夜景
五彩繽紛的每天
幸福的每天

片刻休息

偶爾跳舞一下
偶爾扭動一下
偶爾高聲歌唱一下

偶爾小壞一下
偶爾大吃一下
偶爾出去血拼一下

偶爾賴床一下
偶爾幻想一下
偶爾發揮創意一下

休息片刻
生活仍是充滿樂趣

堅強

其實我很堅強

越讓我受傷
我的意志力更堅強

越阻礙我的路
我越是要衝過去

越讓我傷心
我越是會重新站起來

越是要給我生氣
我就大笑給你看

46

孤獨・安靜・
卻變成一種習慣

或許
你已變成我心中一個過路客

曾經真心去對待
換來卻是一個零

我愛的人不在身邊
只有讓自己變得獨立、堅強

孤獨、安靜
卻變成一種習慣

但是
我仍有愛我的人
還有個布偶是我的守護神
隨時都在我身邊

47

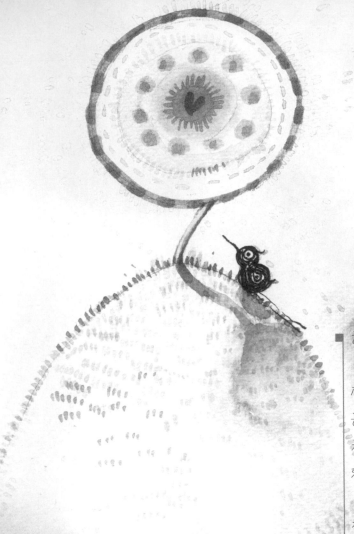

未來不寂寞

爬的高高
長的高高
看的高高
想的遠遠

有愛相隨
未來不寂寞

你與我反方向

飛累了
就休息一下

嘿！影子！
你與我反方向了
等等我們吾同右起飛呢

每次我向右
你都愛與我反個方向

你怎麼離我越來越遠

當我飛了起來
一直向右飛
卻發現你不在我身旁

我在上面，你在下面
我飛越高，越看不見你

怎麼了
你不跟我一起飛翔嗎？

51

離別

當離別時
我不敢回頭
我不敢看著你

你會離我越來越遠
你會越來越模糊

我又有在要離別時
才會想起你的好
想起你的傻

好久不見

你好嗎？
最近的你過得如何呢？

好久沒連絡
好多話想說
但見到你
卻不知道從何說起

又知道
我想你

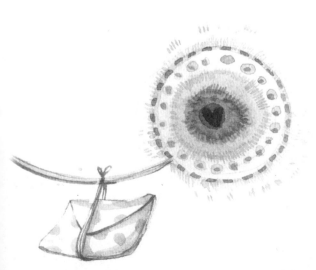

我很想你
すごく、あいたい*

想你

你知道嗎？

最近不知道為什麼
一直想起你的身影
想著下個轉角街是否能
看到熟悉的背影
在下個書店是否也能
見到你

我真的
很想你

難過

不知道為何
特別的難過
不像堅強的我
覺得少了什麼

我忘了什麼？
還是我掉了什麼？

我只知道難過
什麼都不知道

你知道嗎？
我缺少了什麼嗎？

找個主人

我想找個主人
我那麼可愛
怎麼沒人要我呢
我真的很可愛對不對！

伱我

我想你
我想你也想著我吧！

我關心你
我想你也關心我吧！

我有話對你說
我想你也有話
對我說吧！

我喜歡你
我想你也是
喜歡著我的！

59

特別憂鬱

望著這邊‧那邊
還是這邊‧那邊

你是在我的哪一邊？
是否感覺到我在找你？

期待

靜靜的一人
感覺我好像在期待
很期待卻又擔心

期待一些事的到來

戀愛了

我對你滿心的愛
看到了嗎？

我有一顆心，啾啾啾～
送給一個人，啾啾啾～
又要你能接受，啾啾啾
～

我戀愛了，啾啾啾～

63

伴娘

我要當個伴娘
在大喜日我穿起
最漂亮的服飾
好好打扮了自己
頭髮上插滿了花

這場大喜日
我搶走新娘的風采

滿頭的花花綴飾
使我有點暈，有點癢，
有點刺，有點重！

小紙條

今天留張紙條給你

有時一張小紙條，是甜蜜
這是我們兩人之間的小秘密
唯有自己才能感受到
這種幸福感覺

今晚7點我們在老地方
相見吧！

電影

當相約看電影
每次我難過的哭
你總是會安慰我

但是你卻不知道！
我難過的不是電影情節
而是之前總總的回憶
像電影一樣
不斷浮現在我面前

擁抱

抱著你，我不再害怕
抱著你，我不再怕黑
抱著你，我不再寂寞
抱著你，你讓我
時時刻刻感到溫暖

我脫不了手
所以很珍惜現在

相同

你與我有共同的目標
有共同的夢想
也一樣的努力

為了自己的將來與夢想
我們約定好
要一起創造自己的未來
與心中一個夢

相約在那藝術的國度裡

相約在那藝術的國度裡
西班牙
法國巴黎
倫敦
會在哪個地方相遇呢？

你可以牽我的手嗎？

冬天的日子裡
我希望你溫暖的大手
可以牽著我冰冷的小手
讓我感到溫暖

那今天起
你可以牽我的手嗎？

有你真好

難過，有你安慰
熬夜，有你陪伴
失落，有你加油
害怕，有你保護
快樂，有你分享

有你真好！

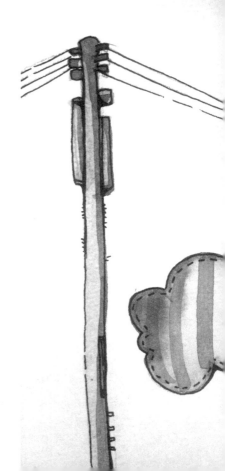

車票

從南部通往愛
這個愛就是我家鄉，新竹

那兒有家人、朋友
充滿了親情、友情
以及我曾經擁有過的愛情

回到那兒
就充滿了回憶、快樂、
溫暖與幸福

那你都是通往哪裡呢？

新竹是我的家

我還是不習慣南部的生活
我不想回南部可以嗎？

新竹才是我的家
我好想家

狗狗我好想你
爸爸你在做啥？
媽媽在做什麼？
妹妹呢？弟弟呢？
那……各位最近好嗎？
我真的好想好想新竹

77

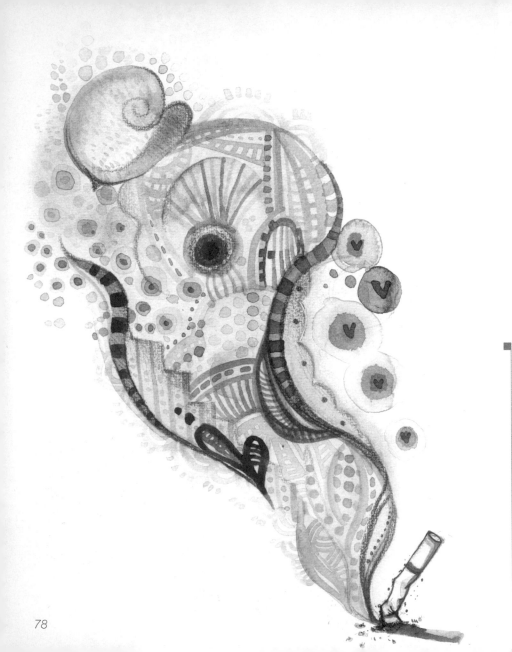

爸爸的煙

夜晚
樓上工作室的燈開著
整間布滿了煙

從煙裡
我看見爸爸的努力
為了家庭而認真打拼
為了將來而應付各方壓力

這一切都是為了我們
煙裡充滿希望與愛

78

頭殼裝屎！？
有時反應、思考、
　動作慢了點
　人單純了點
頭腦簡單了點

於是媽媽對我說：
「妳頭殼裝屎嗎？」

但是
我總覺得
我比別人來的想更多

看看我！
腦子裝的是啥呢！？

我不笨

我書總是唸不好
考試總是倒數
膽子也都是最小

那天媽咪告訴我
帶我去針灸頭
看頭腦是否能開竅一點，聰明一點

但，我怕針

滿滿的愛

今天是媽媽的偉大日子

我沒有花
我沒有卡片
我沒有戒指項鍊
我更沒有錢
所以買不起鑽石珠寶

但我有滿滿的愛
我將我滿滿的愛送妳

未來

看這遠方的熱鬧城市
想著我的未來將在那裡競
爭與學習
每天與時間賽跑
充實的每一天
緊張的氣氛

為了學習更多
我好緊張又好期待
因為我心中想著
未來要給我的家人幸福!
所以我很努力學習

今天不想回家

下了課
獨自散步到了下午
到了夜晚
不想回家

我只想一個人
安靜地待著
好好思考一些事情

因為我聽到一些
我不想聽的話
所以我想散散心

其實我很在意

男生稱我是恐龍妹
親人稱我粉紅豬
在水中被稱大白鯊
但我依然要保持最甜美
的微笑

其實我很在意
我都是回家偷偷難過
內心更百悲

我很難過

假面的微笑

今天心情有點差

考試考差了
用具忘了帶
作業忘了做
明明很認真上課
但回答不出問題
還得對身旁朋友保持微笑
一天下來，好累！

面具可以拿下來了嗎？
其實我好想哭！

我想明天運氣會更好，對吧！？

祝我生日快樂

各位
8月2日是我生日
你們都還記得嗎？

大家都快樂放暑假了
大家都忘記了
但是我一直等著這天到來
等待朋友陪我一起慶祝
陪我過生日

我不要禮物
我又要妳們陪我吃個飯

過12點了
大家還是沒來
我難過地吃著自己的蛋糕

許願

有人說
削一顆蘋果的皮
不要削斷
可以許小小的願望

是真的嗎？
我也想許願
可是沒有一次成功

到最後
有點小小的失望
但卻削了不少的蘋果
通通吃光

小草

一個人的夜晚
有點難熬
有點累
有點失眠

沒關係
放鬆一下
澆澆我可愛的小草吧

大太陽

我是大家心中的那個太陽
我是獅子、
是向日葵的代表

我想
我不能因為小事而難過
重新地站起來
展現出最甜美的笑容
最陽光的自己

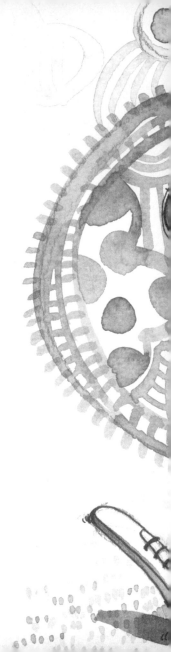

天天晴天

為自己挑個晴天娃娃
祝福自己
天天像個晴天娃娃
保持愉快的笑容

不只帶給自己
也帶給身旁朋友與親人
讓他們帶給全世界
一起有好晴天的心情
一起有陽光般的笑容

天天都是Sunny Day

彩虹

好久不見的彩虹
你好嗎？
好久沒見到你
你近來可好呢！？

我特地畫了你
拼出你的樣子
你還是一樣的漂亮
一樣的美

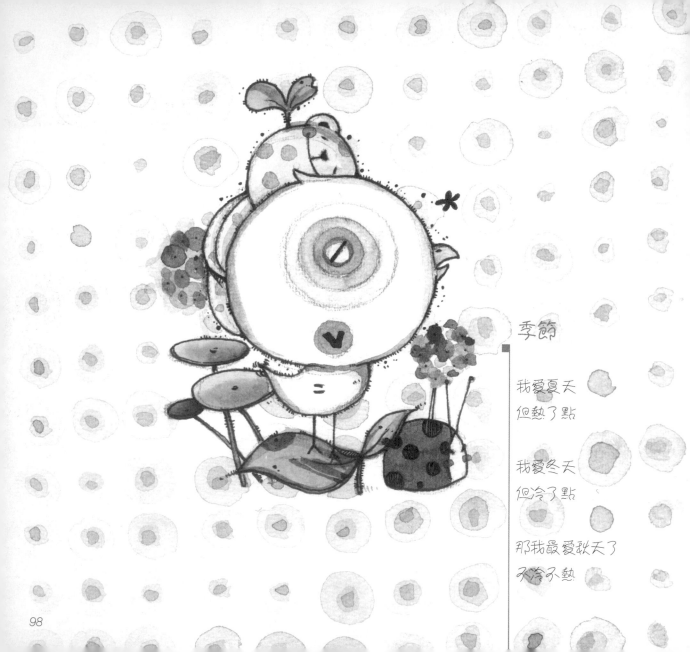

季節

我愛夏天
但熱了點

我愛冬天
但冷了點

那我最愛秋天了
不冷不熱

好心情

溫暖的陽光
使我全身溫暖了起來

走出室外
大步伐的向前走
充滿了未來新希望

大步伐向前走

跟隨著我
跟著感覺
大步伐的向前走

一個人也可以很快樂的
願意與我一起向著感覺走嗎？
尋找出真正所要的感覺

快樂與我同在

喜歡與三五好友
一起聊天
一起聊是非
一起看美的事物
一起想好的美夢

你幸福嗎？

你幸福嗎？
我很幸福
因為我身旁有許多愛我
的人

大家都愛我
大家都在意我
大家都關心我

我很高興能做自己喜歡
做的事
所以這也是幸福
你呢？
幸福嗎？

釦子

一個釦子
代表對你們的愛

我也將我的愛
拼成一個大愛

愛的專賣店

愛是無價
又送真心對待真愛的人
也給想戀愛的人
帶來好姻緣

只要有心
就會實現

大贈送

給你快樂
給你勇氣
給你戀愛

如果能帶給你這一切
我通通都送給你
讓你跟我一樣！

擁有著快樂、勇氣與戀愛.

氣球

色彩繽紛的氣球
總是特別的討喜

一顆顆氣球
象徵無數的愛

分散出去
會得到最天真與幸福的
微笑

飛吧

飛向屬於自己的地方吧!

飛吧
飛向自己想要去的地方

飛吧
飛向你自己的未來

等到哪天
想起我的時候
再回來找我吧!

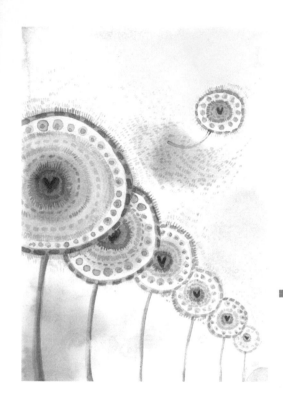

旅途

風又輕輕的吹起
蒲公英輕輕飄了起來
帶著我再度展開旅行

我看到
許許多多稀奇的東西
原來世界那麼大

我期待下個旅途
能遇見你

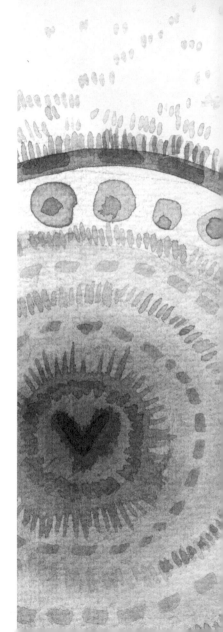

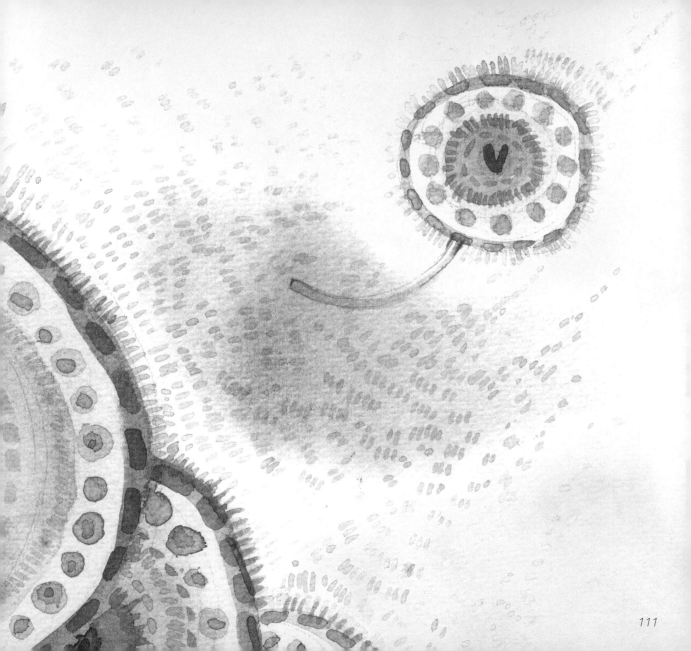

傳遞幸福

男孩女孩
把我的愛與幸福
傳遞出去

看到蒲公英時記得
輕輕吻一下
輕輕吹一下
裡面有好幾千的
幸福與未來唷

蒲公英與我 ～聽我說說畫～

作　　者：色鉛筆＊阿瑋
插　　圖：色鉛筆＊阿瑋

發 行 人：林敬彬
主　　編：楊安瑜
責任編輯：林子尹
美術設計：Yvonne聯合工作室

出　　版：大旗出版社　行政院新聞局北市業字第1688號
發　　行：大都會文化事業有限公司
　　　　　110臺北市信義區基隆路一段432號4樓之9
　　　　　讀者服務專線：（02）27235216
　　　　　讀者服務傳真：（02）27235220
　　　　　電子郵件信箱：metro@ms21.hinet.net
　　　　　公司網站：http://www.metrobook.com.tw

郵政劃撥：14050529 大都會文化事業有限公司
出版日期：2004年12月初版一刷
定　　價：220元
ＩＳＢＮ：957-8219-43-1
書　　號：Choice-002

Metropolitan Culture Enterprise Co., Ltd.
4F-9, Double Hero Bldg., 432, Keelung Rd., Sec. 1,
TAIPEI 110, TAIWAN
Tel：+886-2-2723-5216　Fax：+886-2-2723-5220
E-mail：metro@ms21.hinet.net

國家圖書館出版品預行編目資料

蒲公英與我：聽我說說畫／色鉛筆＊阿瑋　作／插圖
——初版——臺北市：大旗出版：
大都會文化發行，2004〔民93〕
面；　　　　　公分
ISBN 957-8219-43-1（平裝）
855　　　　　　　　　　　93020861

廣 告 回 函
北 區 郵 政 管 理 局
登記證北台字第9125號

大都會文化事業有限公司

讀 者 服 務 部　收

110台北市基隆路一段432號4樓之9

寄回這張服務卡（免貼郵票）
您可以：
◎不定期收到最新出版訊息
◎參加各項回饋優惠活動

-------------------------------- 中央對折線 --------------------------------

大旗出版
BANNER PUBLISHING　大都會文化

《蒲公英與我》

大都會文化　讀者服務卡

書名：**蒲公英與我—聽我說說畫**

謝謝您選擇了這本書！期待您的支持與建議，讓我們能有更多聯繫與互動的機會。

日後您將可不定期收到本公司的新書資訊及特惠活動訊息。

A.您在何時購得本書：　　　年　　　月　　　日　B.您在何處購得本書：　　　書店，位於　　　（市、縣）

C.您從哪裡得知本書的消息：1.□書店 2.□報章雜誌 3.□電台活動 4.□網路資訊 5.□書籤宣傳品等 6.□親友介紹 7.□書評
　　　　　8.□其他

D.您購買本書的動機：（可複選）1.□對主題或內容感興趣 2.□工作需要 3.□生活需要 4.□自我進修 5.□內容為流行熱門話
　　　　　題 6.□其他

E.您最喜歡本書的（可複選）：1.□內容題材 2.□字體大小 3.□翻譯文筆 4.□封面 5.□編排方式 6.□其他

F.您認為本書的封面：1.□非常出色 2.□普通 3.□毫不起眼 4.□其他

G.您認為本書的編排：1.□非常出色 2.□普通 3.□毫不起眼 4.□其他

H.您通常以哪些方式購書：（可複選）1.□逛書店 2.□書展 3.□劃撥郵購 4.□團體訂購 5.□網路購書 6.□其他

I.您希望我們出版哪類書籍：（可複選）1.□旅遊 2.□流行文化 3.□生活休閒 4.□美容保養 5.□散文小品 6.□科學新知 7.
　　　　　□藝術音樂 8.□致富理財 9.□工商企管 10.□科幻推理 11.□史哲類 12.□勵志傳記
　　　　　13.□電影小說 14.□語言學習 15.□幽默諧趣 16.□其他

J.您對本書（系）的建議：

K.您對本出版社的建議：

讀者小檔案

姓名：　　　性別：□男 □女 生日：　年　　月　　日年齡：1.□20歲以下 2.□21—30歲 3.□31—50歲 4.□51歲以上

職業：1.□學生 2.□軍公教 3.□大眾傳播 4.□服務業 5.□金融業 6.□製造業 7.□資訊業 8.□自由業 9.□家管 10.□退休
　　　11.□其他

學歷：□國小或以下 □國中 □高中／高職 □大學／大專 □研究所以上

通訊地址：

電話：（H）　　　　　（O）　　　　　傳真：　　　　　行動電話：

E-Mail：

如果您願意收到本公司最新圖書資訊或電子報，請留下您的E-Mail地址。

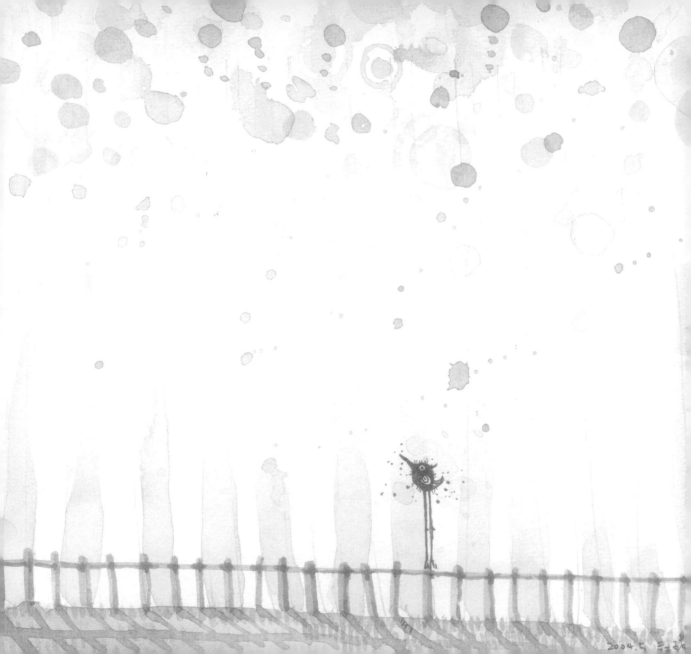

2004.5 三.二十

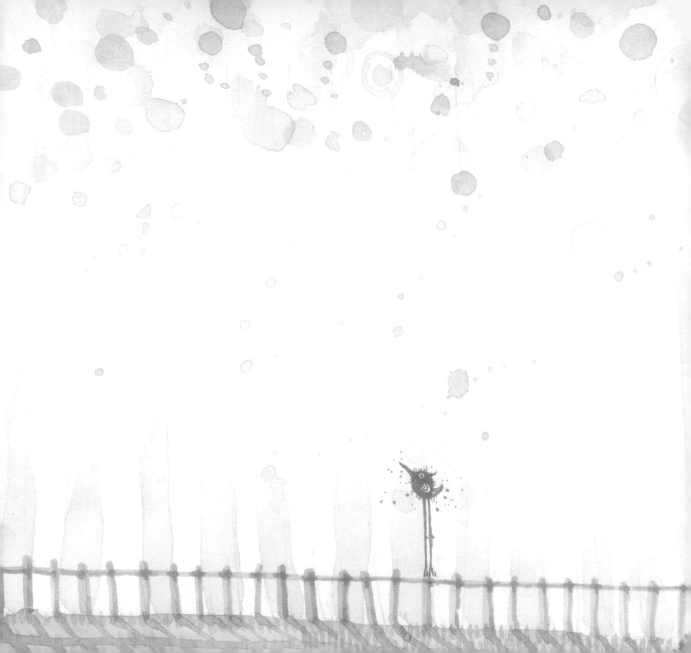

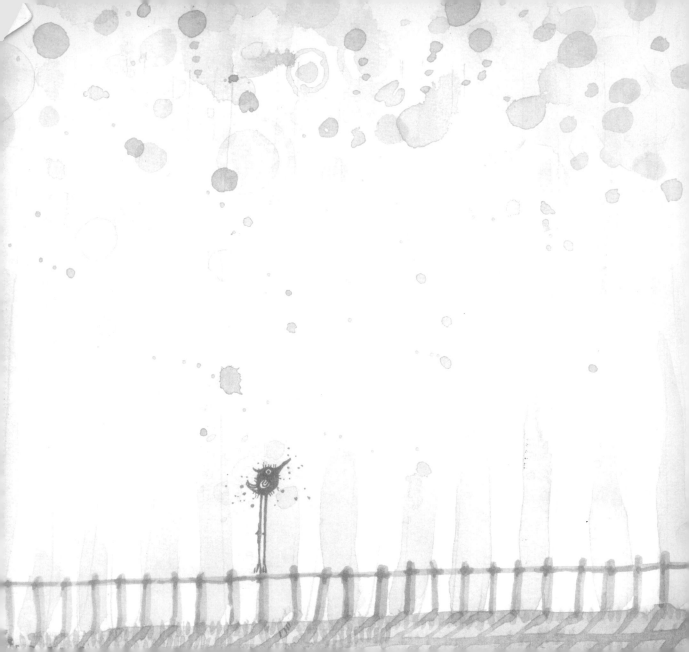